吉野 弘

花と木のうた

青土社

花と木のうた　目次

❶

銅版画　梅原万奈

花と木のうた

1

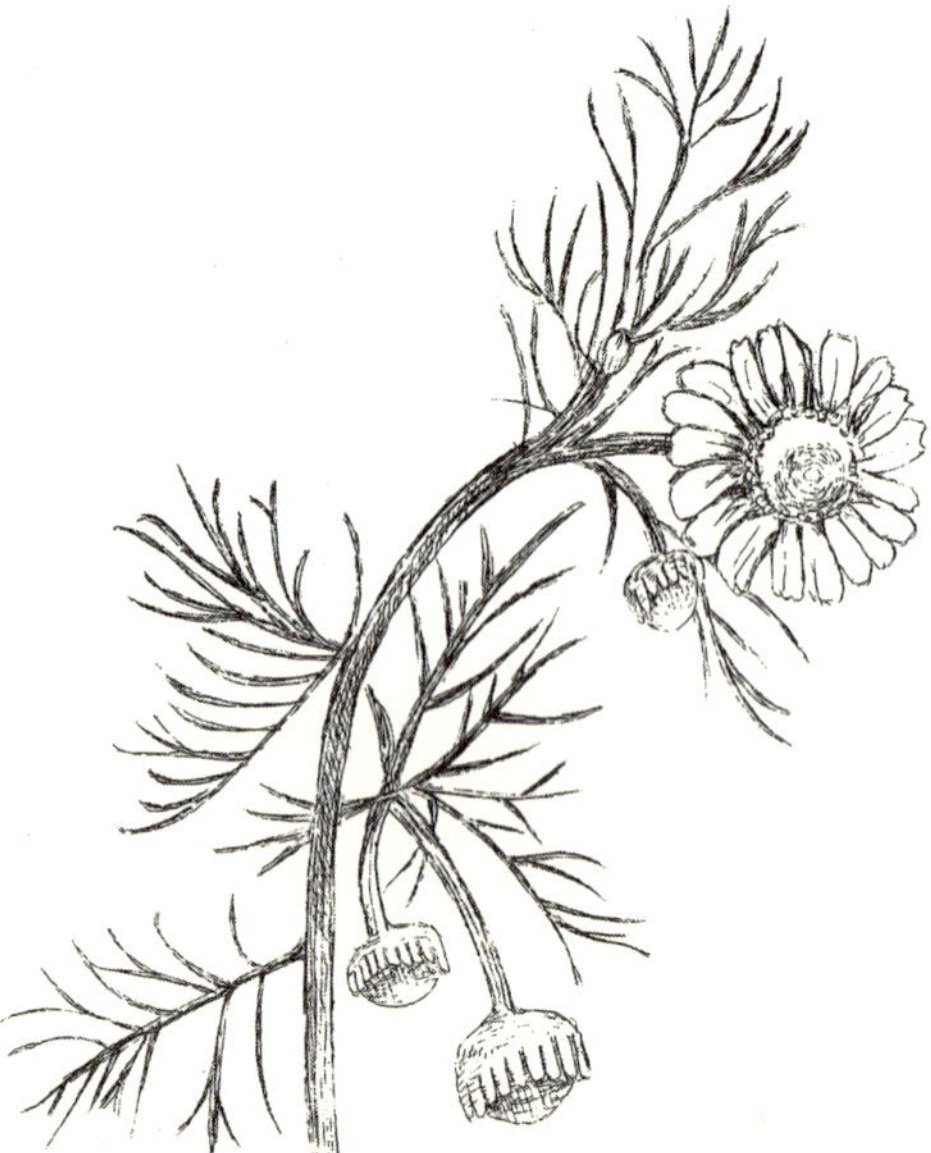

樹木は

樹木は思う。
人のくらしは
樹木のくらしにそっくりだと。
樹木は　それを
こんなふうに歌う。
——遠く　人が歩くように
遠く　人が運ぶように
深く深く
くまぐまを
僕の根は歩いて運ぶ
人がせっせと歩くように

（『消息』）

人がせっせと運ぶように
と。

名付けようのない季節

「たそがれの国」という詩の中で
D・H・ロレンスが言っている。
「アメリカよ
どうして　ぼくの魂をもだまさないのか」と。

人間の手や足や　智識や服従心を
利用することはやさしい。
人間の全部を用いることがむずかしいのだ。
人間の全部を用いる力が
アメリカにはないことを
ロレンスは見抜いて悲しんだのだ。

（『幻・方法』）

さて　廿世紀の後半に生きるぼくらは
何に　悔いなく魂をやっていいのか。

冬枯れのこずえに　うっすらと緑が走り
樹木がそのすべてを
少しのためらいもなく
春にゆだねようとしているのを見ると
そのすばらしさに胸をうたれる。
そして気付く。ぼくらの季節が
あまりにも樹本の季節と違うことに

六月

六月の陽は暖かく風も少しは吹いて居て
皇居前広場の緑の衾《ふすま》の丘辺《おかべ》には白々と
月見草の花たちが咲き乱れて居た――
が、あれは確かに月見草の群れであったか？

確かにあれは月見草の群れであったか？
刻《とき》は六月の真昼どき、月見草と見たのは
ワイシャツ姿の男たちが芝生の上に腰をおろして
風に吹かれていた姿ではなかったか？

なぜ、月見草であって他の花ではなかったのか

（『10ワットの太陽』）

なぜ、陽差しを弾《はじ》く花ではなかったのか
なぜ、うなだれて居るように見えたのか
なぜ、水を含んで居るように見えたのか

六月の陽に肌を灼こうと、せめて身体の
外側からなりと、熱と光を受けようと
男たちが、窓の小さな石の建物の中から
昼休み、其処へ来て腰をおろしただけだったのに

顔

樹木の根のように
闇を抱く営みが人間にもある
樹木の梢のように
光を求める営みが人間にもある

光と闇に養われる人間は、しかし
光と闇を公平に愛する術を知らぬ
崇高でも醜悪でもない僕らの顔は
こうして出来たのだ

樹木は裸。胴も腕もあらわだが

（『感傷旅行』）

顔はない。顔をもたない気安さで
周囲や自分と和解するのか

樹木の顔とおぼしいあたり
青い冬空の
冷たい安らぎが漂っているばかり

六月

六月の雨は　溶かしていた
木々の緑を――。
緑色の深い淵のために。

六月の光は　跳ねていた
木々の緑の上で――。
トランポリンで跳ねる金髪の娘のように。

六月の風は　炎にしていた
木々の緑を――。
マッチなしで。

（『感傷旅行』）

六月の恋人たちは血の気《け》をなくしていた
緑色の木洩れ陽の下で——。
血の気の多い年頃なのに。

ざくろ

口をあいた　ざくろ――
去りゆく「時」になお呼びかけようと？
血のにじんだ歯を
口中　いっぱいにして
歯のいくつかは
すでに　こぼれかかっていて。

朱の花から　金の果実へ。
しかし
円満な美果に耐えられず
もう一度おのれを内部から割って

（『感傷旅行』）

花のように咲こうと?
華麗な老年よ　ざくろよ
辛酸は変えようもなく——

つるばら

まっすぐに立つ背を持たない
という非難と
侮蔑に
つるばらよ
どれだけ長く　耐えてきたろう。

曲がりやすい幹を持つ
暗くわびしい血統から
急いで逃げようとするかのよう
細い首すじを
横に　さしのべ

（『感傷旅行』）

さしのべ
まわりを
棘で威嚇して
心もとなく
つづいた
成長。

空と地の間を　横に這い進む
この成長には　かすかな罪の匂いがある
向日性と向地性とのアイノコのような——。

秋になって葉が落ちて
やせて黒ずんだ蔓が
疑い深く　からんだまま
がらあきの構図も

はっきり見えてきた。

すぎ去った春
この自信のない構図をすきまなくふさいだ
ゆたかな葉と
その上にひらいた無数の花たちは
口のきけない人が
緑と真紅の絵の具だけにたよった
くるしい弁明のようだった。

石仏

——晩秋

うしろで
優雅な、低い話し声がする。
ふりかえると
人はいなくて
温顔の石仏が三体
ふっと
口をつぐんでしまわれた。
秋が余りに静かなので
石仏であることを
お忘れになって

（『感傷旅行』）

お話などなさったらしい。
其処だけ不思議なほど明るく
枯草が、こまかく揺れている。

曼珠沙華

真赤な髪を結いあげた
轆轤《ろくろ》っ首の　曼珠沙華
逃げ足速い　旦那さま
眼が吊りあがる大年増
ほつれ丸髷《まげ》　曼珠沙華
髷に火がつく曼珠沙華

（『感傷旅行』）

種子について
——「時」の海を泳ぐ稚魚のようにすらりとした柿の種

人や鳥や獣たちが
柿の実を食べ、種を捨てる
——これは、おそらく「時」の計らい。

種子が、かりに
味も香りも良い果肉のようであったなら
貪欲な「現在」の舌を喜ばせ
果肉と共に食いつくされるだろう。
「時」は、それを避け
種子には好ましい味をつけなかった。

（『感傷旅行』）

固い種子――
「現在」の評判や関心から無視され
それ故、流行に迎合する必要もなく
己を守り
「未来」への芽を
安全に内蔵している種子。

人間の歴史にも
同時代の味覚に合わない種子があって
明日をひっそり担っていることが多い。

生命は

生命は
自分自身だけでは完結できないように
つくられているらしい
花も
めしべとおしべが揃っているだけでは
不充分で
虫や風が訪れて
めしべとおしべを仲立ちする
生命は
その中に欠如を抱《いだ》き
それを他者から満たしてもらうのだ

（『北入曽』）

世界は多分
他者の総和
しかし
互いに
欠如を満たすなどとは
知りもせず
知らされもせず
ばらまかれている者同士
無関心でいられる間柄
ときに
うとましく思うことさえも許されている間柄
そのように
世界がゆるやかに構成されているのは
なぜ?

花が咲いている
すぐ近くまで
虻《あぶ》の姿をした他者が
光をまとって飛んできている

私も　あるとき
誰かのための虻だったろう
あなたも　あるとき
私のための風だったかもしれない

茶の花おぼえがき

（『北入曽』）

井戸端園の若旦那が、或る日、私に話してくれました。

「施肥《せひ》が充分で栄養状態のいい茶の木には、花がほとんど咲きません。」

花は、言うまでもなく植物の繁殖器官、次の世代へ生命を受け継がせるための種子をつくる器官です。その花を、植物が準備しなくなるのは、終りのない生命を幻覚できるほどの、エネルギーの充足状態が内部に生じるからでしょうか。

死を超えることのできない生命が、超えようとするいとなみ——それが繁殖ですが、そのいとなみを忘れさせるほどの生の充溢を、肥料が植物の内部に注ぎこむことは驚きです。幸福か不幸かは、別として。

施肥を打ち切って放置すると、茶の木は再び花を咲かせるそうです。多分、永遠を夢見させてはくれないほどの、天与の栄養状態に戻るのでしょう。

茶は、もともと種子でふえる植物ですが、現在、茶園で栽培されている茶の木の殆どは挿し木もしくは取り木という方法でふやされています。井戸端園の若旦那から、こんな話を聞くことになったのは、私が茶所・狭山に引越した年の翌春、彼岸ごろ、たまたま、取り木という苗木づくりの作業を、家の近くで見たことがきっかけです。

取り木は、挿し木と、ほぼ同じ原理の繁殖法ですが、挿し木が、枝を親木から切り離して土に挿しこむところを、取り木の場合は、皮一枚つなげた状態で枝を折り、折り口を土に挿しこむのです。親木とは皮一枚でつながっていて、栄養を補給される通路が残されているわけです。

茶の木は、根もとからたくさんの枝に分かれて成長しますから、かまぼこ型に仕上げられた茶の木の畝《うね》を縦に切ったと仮定すれば、その断面図は、枝がまるで扇でもひろげたようにひろがり、縁《へり》が、密生した葉で覆われています。取り木は、その枝の主要なものを、横に引き出し、中ほどをポキリと折って、折り口を土に挿しこみ、地面に這った部分は、根もとへと引き戻されないよう、逆U字型の割り竹で上から押え、固定します。土の中の枝の基部に根が生えたころ、親木とつながっている部分は切断され、一本の独立した苗木になるわけですが、取り木作業をぼんやり見ている限りでは、尺余の高さで枝先の揃っている広い茶畑が、みるみる、地面に這いつくばってゆくという光景です。

もともと、種子でふえる茶の木を、このような方法でふやすようになった理由は、種子には変種を生じることが多く、また、交配によって作った新種は、種子による繁殖を繰り返している過程で、元の品種のいずれか一方の性質に戻る傾向があるからです。これでは茶の品質を一定に保つ上に不都合がある。そこで試みられたのが、取り木、挿し木という繁殖法でした。この方法でふやされた苗木は、遺伝的に、親木の特性をそのまま受け継ぐことが判り、昭和初期以後、急速に普及して現在に至っているそうです。

話を本筋に戻しますと——充分な肥料を施された茶の木が花を咲かせなくなるということは、茶園を経営する上で、何等の不都合もないどころか、かえって好都合なのです。新品種を作り出す場合のほか、種子は不要なのです。また、花は、植物の栄養を大量に消費するものだそうで、花を咲くにまかせておくと、それだけ、葉にまわる栄養が減るわけです。ここでも、花は、咲かないに越したことはないのです。

「随分、人間本位な木に作り変えられているわけです」若旦那は笑いながらそう言い、「茶畑では、茶の木がみんな栄養生長という状態に置かれている」とつけ加えてくれました。

外からの間断ない栄養攻め、その苦渋が、内部でいつのまにか安息とうたた寝に変っているような、けだるい生長——そんな状態を私は、栄養生長という言葉に感じました。

で、私は聞きました。

「花を咲かせて種子をつくる、そういう、普通の生長は、何と言うのですか？」

「成熟生長、と言ってます」

成熟が、死ぬことであったとは！

栄養成長と成熟成長という二つの言葉の不意打ちに会った私は、二つの生長を瞬時に体験してしまった一株の茶の木でもありました。それを私は、こんなふうに思い出すことができます。

——過度な栄養が残りなく私の体外へ脱け落ち、重苦しい脂肪のマントを脱いだように私は身軽になり、快い空腹をおぼえる。脱ぎ捨てたものと入れ替りに、長く忘れていた鋭い死の予感が、土の中の私の足先から、膕《ひかがみ》から、皮膚のくまぐまから、清水のようにしみこみ、刻々、満ちてくる。満ちるより早く、それは私の胸へ咽喉《のど》へ駈けのぼり、私の睫《まつげ》に、眉に、頭髪に、振り上げた手の指先に、白い無数の花となってはじける。まるで、私自身の終りを眺める快活な明るい末期《まつご》の瞳《め》のように——

その後、かなりの日を置いて、同じ若旦那から聞いた話に、こういうのがありました。

——長い間、肥料を吸収しつづけた茶の木が老化して、もはや吸収力をも失ってしまったとき、一斉に花を咲き揃えます。

追而《おって》、花とは何かを、これ以上鮮烈に語ることができるでしょうか。

茶畑の茶の木は、肥料を与えられない茶の木、たとえば生垣代りのものや、境界代りのものにくらべて花が少ないことは確かです。しかし、花はやはり咲きます。木の下枝の先に着くため、あまり目立たないというだけです。その花を見て私は思うのです。どんな潤沢な栄養に満たされても、茶の木が死から完全に解放されることなどあり得ない、彼等もまた、死と生の間で揺れ動いて花を咲かせている。生命から死を追い出すなんて、できる筈はないと。

＊

註　井戸端園の若旦那から、あとで聞いたところによると、成熟生長は「生殖生長」とも謂う。

栄養生長、生殖生長については、田口亮平氏の著書「植物生理学大要」の中に詳しい説明がある。それによると、この二つの生長は、植物が一生の間に経過する二つの段階であって、種子発芽後、茎、葉、根が生長することを「栄養生長」と謂う。（茎、葉、根が、植物の栄養器官と呼ばれるところからこの名がある）

栄養生長が進み、植物がある大きさに達すると、それまで葉を形成していた箇所（生長点）に、花芽もしくは幼穂が形成されるようになり、それが次第に発達し、蕾、花、果実、種子等の生殖器官を形成する。この過程が「生殖生長」である。

井戸端園の若主人から当初聞かされた言葉が、かりに「成熟生長」でなくて「生殖生長」であったらこの「茶の花おぼえがき」は、おそらく書けなかったろう。成熟は生殖を包含できるように思えるが、生殖は成熟という概念を包みきれないように思う。また、彼から「栄養生長」という言葉を聞いたときその内容を確かめもせず一人合点したことを「植物生理学大要」を読んで知ったが、理解の不充分だったことが、かえって鮮烈に「成熟」という言葉に出会う結果となったようだ。

なお、栄養生長、生殖生長の二語は、植物のどの部分を収穫の対象にするかを考えるときに便利な概念である。茎、葉、根を収穫の対象とする場合は、栄養生長を助長すればいいし、花、果実、種子を収穫対象とする場合は、生殖生長を助長すればいい。茶の場合は、言うまでもなく前者で、若主人が「茶畑の茶の木はみな栄養生長の状態にある」と言ってくれたのは、葉の収穫を最重点に管理している畑の状態を指していたわけである。

種子繁殖に対し、葉、茎、根の一部を分離してふやす方法を栄養繁殖と言う。これは、前述した通り、葉、茎、根が植物の栄養体もしくは栄養器官と呼ばれるところから、その名がある。栄養繁殖は、球根植物やその他の植物の間では自然に行なわれていることで、サツマイモ、ユリ、タマネギ、クワイなどは、自然に栄養繁殖を行なっている例である。茶の木の場合の取り木は、いわば人為的栄養繁殖である。ただ、この作品の中では「栄養生長」との混乱を避けるため、用いなかった。

因みに、狭山「市の花」はツツジであって、茶の花ではない。「市の木」として「茶の木」が指定されている。茶の花は茶所を代表していないわけだ。

カンナ

——花言葉「堅実な末路」

脱ぎ捨てられた緋色のナイトガウンみたいに
カンナの花びらが地面に落ちている
うっすらと泥にまみれて

透明なカンナ夫人は
美しい花びらを脱いで
どこへ行ったのだろう

貞淑な夜を愛されて
朝な朝な　ぼんやり窓際に立ち

（『北入曽』）

眺めていたのは　どんな世間だったのか

肩からすべり落ちそうな花びらの衿を合わせ
身にふりかかる暗い招きに戦《おのの》いていた
あの夫人が　今朝はいない

スキャンダルの匂いを
漂わせて
突然　どこへ姿を消したのか

過ぐる長い夏は堅実な日々だった
その証拠みたいな正嫡《せいちゃく》の実が
茎の先にいくつかふくらんでいる

過剰な安逸と寝苦しい幸福から
ふらりと迷い出て

夫人はどこへ紛れこんだのだろう
青いつぶらな竪固な実の
確かな未来を
まるで過ちのように淋しく置き去りにして

樹

人もまた、一本の樹ではなかろうか。
樹の自己主張が枝を張り出すように
人のそれも、見えない枝を四方に張り出す。

身近な者同士、許し合えぬことが多いのは
枝と枝とが深く交差するからだ。
それとは知らず、いらだって身をよじり
互いに傷つき折れたりもする。

仕方のないことだ
枝を張らない自我なんて、ない。

（『北入曽』）

しかも人は、生きるために歩き回る樹
互いに刃をまじえぬ筈がない。

枝の繁茂しすぎた山野の樹は
風の力を借りて梢を激しく打ち合わせ
密生した枝を払い落す――と
庭師の語るのを聞いたことがある。

人は、どうなのだろう?
剪定鋏を私自身の内部に入れ、小暗い自我を
刈りこんだ記憶は、まだ、ないけれど。

叙景

杉の垂直な歳月が丈高い林をなす
山の急斜面を
登る
頂きに金箔の冬の陽がちらつき
斜面に腐葉土の匂いのたちこめる
杉の根方を
登る
時折
ばらまかれた放心のような黄葉《もみじ》が
杉の緑を音もなく横切り
時間をかけて遊びながら

（『叙景』）

どういうこともない黒い地面にたどりついて
旅を終る

少し前から耳についていた甲高い軋りが
頭上の杉の
高いところから発していることに気付き
足を止める

無風の山の中で
なぜか
隣り合った二本の杉の、上のほうだけが
ゆっくりと横に揺れ
頂きがゆるゆると近寄り
首をまじえるように触れてゆき
荒い木肌を強くこすり
そのときギーッと軋るのだ

それからゆっくりと身を引き、そりかえり
充分の隔りをとって
しばらく見つめ合うようにしてから
ふたたびゆるゆると近づき
木肌のひとところを
互いに押し当て
ギーッと軋る
たくさんの杉の
ほとんど動かない無関心の間で
二本の杉だけが
そんなふうに
うっとりと時をすごしているのを見届けて
山の急斜面を
登る

夥しい数の

夥しい数の柿の実が色づいて
痩せぎすな柿の木の華奢な枝を深く撓《たわ》ませています

千手観音が手の先に千人の赤子を生んだとしたら
こんなふうかもしれないと思われる姿です

枝を撓ませている柿の実は
母親から持ち出せる限りを持ち出そうとしている子供のようです

能《あた》う限り奪って自立しようとする柿の実の重さが
限りなく与えようとして痩せた柿の木を撓ませています

（『叙景』）

晩秋の
赤味を帯びた午後の陽差しに染められて

林中叙景

丈高い樫《かし》や楢《なら》が互いに枝をさしのべている林
裸木に近いそのいただきから
やわらかな冬の陽がさしこみ
足もとに散りしいた枯葉と
おびただしい数のどんぐりの実を
しずかにあたためている
どんぐりの実のひび割れて
内部のうすみどりの見えているのがある
土に根を下ろす準備がすでにひそかに
はじまっているのであろうか
これらの実のいくつが

（『叙景』）

どれだけ空に近づくことだろう

尾長のけたたましい啼き声と羽ばたきが
頭上から降ってきてたちまち遠ざかる
尾を垂れた重そうな体を
翼で吊り上げながら飛ぶ尾長の
姿がなぜか私は好きだ
あの飛びかたは軽快でなく
飛ぶことに努力の要るさまが
はっきり見えるからだ
朽ちて土に帰ろうとしている枯葉と
その土に未来の根を下ろそうとしている
どんぐりの実を
見るともなく見つめ
名の知らぬたくさんの鳥の
かまびすしい呼応を聞いている

ほそい梢

枝を傘状にひろげたケヤキの巨木
木の芽どきには少し早い春なので
梢は痩せて鋭い線

垂直な太い幹の胸のあたりが
さりげない決断のように枝分かれし
空にひろがった梢は
光をとらえるためのゆるやかな網
ひとところ、光のしぶきに溶けている
まるで、地上に立った一本の河

（『叙景』）

山襞を駆け下り合流しつつふくらみを増す
あまたの支流の微細な道すじが手にとるようだ

幹を太くする力は
幹をあまたのほそい梢に裂き、その先端で
風の中の見えない分水嶺に取りつく力なのだろう

分枝には、おそらく努力が必要で
痛みが伴うだろう
痛みに耐える年々歳々のいとなみが
巨木の資質なのだろう

ケヤキの巨木にもやがて春の熱が漲り
太い幹を空に吊り上げている梢たちの牽引力は
艶やかな若葉の陰に覆われてしまうだろう

木が風に

木が風に
胸のあたりを絞り上げられている
梢は撓み、反りかえり
葉は裏返り、せわしく向きを変え
甘えて風につかみかかり、やさしく打たれ
幹は揺れて静かな悦楽を泳ぐ。
蜜月の喃語《なんご》に近く
意味を成さない囁きをかわし、戯れ、睦み合い
木と風は互いに飽くことがない。

（『叙景』）

銀杏《いちょう》

寺の本堂前
銀杏の巨木が
喪服の人の右に左に
熟した金色の実をしきりに降らせていた。
くさい木の実の汁に打たれるのをきらって
人々は木から遠のいていた。

寺は幼稚園を兼ねていた。
子供たちは歓声をあげ
落ちる木の実に駆け寄っていた。

（『叙景』）

人の永別の儀式には
雲間から、ときおり、光の指が届いていていた。

風もないのに
銀杏の実がしきりに落ちていた。
梢で充分に成熟したものたちが
土の中の新しい揺籃《ゆりかご》に向かって
快活に急いでいた。

脚

どこかに出掛けるつもりで
若草のやわらかな川ほとりの堤を
川下へ歩いてました
このあたりまで来たとき
不意に
頭の芯が何かに拭い去られ
白い眩暈をおぼえて心細くなり
行先を思い出そうとして
立ち止まりました
立ち止まったとき
身についた日本舞踊の構えになり

（『叙景』）

両膝をぴったり合わせて脚を曲げ
腰を落してました
これなら師匠《おっしょ》さんにも叱られないわと
首をすくめ
笑いたいような得意な気がして上体をひねり
腰から下にためたやわらかさを
見おろしてました
その
ほんのわずかのたたずまいの間に
足が下からこわばりはじめ
胴が絞り上げられ
乳房が見る間に突き出して
着物の胸元を乱暴におしひろげ
やわらかい二股の肉に裂け
上に向かってするすると伸び
伸びながら裂け

裂けながら伸びひろがり
いったい何が起ったのかを
必死で見届けようと気を張っているうちに
目が溶け
何もかもわからなくなりました
今はもう
私という感じを思い出すのがやっとです
着ていたものも多分朽ちて
露わな黒ずんだ裸でしょうか
――と語るのは
両膝をぴったり合わせ脚を曲げたように
堤に生えている榎《えのき》の二本の幹
行先を思い出そうとして
行き暮れている
二本の脚

樹木

幹が最初に枝分かれするときの決断
梢の端々に無数の芽が兆すときの微熱
それが痛苦なのか歓喜なのか
人は知らない。
樹の目標は何か、完成とは何か
もちろん、人は知りもしない。

確かに、人は樹と共に長く地上に住んだ。
樹を育てさえした。
しかし、知っているのは
人に関わりのある樹のわずかなこと。

（『陽を浴びて』）

樹自身について
人はかつて何を思いめぐらしたろう。

今は冬。
落葉樹と人の呼ぶ樹々は大方、葉を散らし
あるものは縮れ乾いた葉を、まだ梢に残し
時折吹き寄せてくる風にいたぶられ
錫箔のように鳴っている。
地面に散り敷いた枯葉を私は踏み
砕ける音を聞く。

人の体験できない別の生が
樹の姿をとって林をなし
ひととき
淡い冬の陽を浴びている。私と共に。

或る位置

樹の位置——それは
偶然が決めたものだろう。

樹高、幹周り、枝の張りかた——それは
樹自身が決めたものだろう。
地上からは見えない根の
緻密な土の抱きかたも。

或る位置に
同意したのではない。

(『陽を浴びて』)

同意するより先に
浅い根はまず土を摑まねばならなかった。

その樹に私は尋ねる。
偶然が決めた君の位置を
君はどのように受け入れたか？

樹から答は返ってこない。
過ぎた歳月を
すべて樹形で語り
来歴の総量だけで立ち
それ以外を語らない樹。

（剛直で気むづかしい幹、しかし梢では
風や光と遊ぶ賑やかな葉のきらめき）

――反歌

枝を伸べ根を深めつつ己が位置うべないゆくや樹々の明け暮れ

四つ葉のクローバー

クローバーの野に坐ると
幸福のシンボルと呼ばれているものを私も探しにかかる
座興以上ではないにしても
目にとまれば、好ましいシンボルを見捨てることはない

四つ葉は奇形と知ってはいても
ありふれて手に入りやすいものより
多くの人にゆきわたらぬ稀なものを幸福に見立てる
その比喩を、誰も嗤うことはできない

若い頃、心に刻んだ三木清の言葉

（『陽を浴びて』）

〈幸福の要求ほど良心的なものがあるであろうか〉
を私はなつかしく思い出す

なつかしく思い出す一方で
ありふれた三つ葉であることに耐え切れぬ我々自身が
何程か奇形ではあるまいかとひそかに思うのは何故か

花は開いて咲く

〈花は開いて咲く〉という文章があったとしたら
〈花は開く〉か〈花は咲く〉かのいずれかでいいと
人は多分思うだろう
〈開く〉と〈咲く〉は同義語だからと理由づけをするだろう

フェフリとファン・デル・ペェイルによる花の形の分類がある
受粉の生態による分類であって、次の三つに分けられる
①花は開いて咲く
②花は花弁が閉じたままで
③花は罠になっていて

（『陽を浴びて』）

後者二つは殆どの場合、昆虫にとって入口もわからぬ花で
高度の知性と強い力をもつ昆虫だけが中に入りこむという
その花は、閉じたまま受粉可能の状態に〝咲いている〟のだ
〈開く〉ことと〈咲く〉こととの同義語でない花の世界が
あったとは！

註　田中肇著『花と昆虫』に拠る。

池の平

高原の
遅い春。
雲は山頂近くに退いたが
池の面にひれ伏した枯萱《かれかや》軍団の
刀折れ矢尽きた姿は
一冬の雪の重量を語る。
雪の下敷きになっていた灌木たちは
しかし、おもむろに立ち上がる。
寒風にいたぶられていた木々の枝は
温い陽射しに軽口を叩いている。
放心から充溢へと急速に動く今——

（『陽を浴びて』）

先頭をきって
水芭蕉の艦隊が一斉に純白の帆を張る。
高原を夏へ
一気に牽引するかのように。

列車が

列車が
高原の駅のホームにすべりこむと
レール沿いの桜並木は
花の盛りだった
見惚れて嘆声を洩らす乗客もいた
――思いを遂げるときは
狂おしいほどに花の咲き満ちた
桜の木の姿のようでありたい――
乗客の中の
一人の淋しい娘が、そう思った

（『陽を浴びて』）

列車は
静かに動き出した

緑濃い峠の

緑濃い峠の
緑にも染まらず
私の乗った赤い電車が
林をつらぬき走り続けた。
あのとき
風をまとった電車にあおられ
のけぞり、たわみ
葉裏を返し、激しく揉まれていた線路際の木立《こだ》ち。
伸びすぎた梢は
電車にはじかれ、ピシピシ鳴っていた。
あの風景が、なぜ今も

（『陽を浴びて』）

私の目にやきついているのだろう。
赤い美しい電車に素気なく撥《は》ねつけられているのに
それをさえ待ち焦がれていたかのように
おどけて、かぶりをふり
喚声をあげて揺れていた木立ち。
毎日つれなく走り去るだけの電車
その電車から何度、邪慳《じゃけん》にされても
電車が好きだという身振りをかくさない木立ち。
一度、電車というものを見に来て
綺麗な電車に一目惚れ
そのまま線路沿いに住みついてしまった
とでもいうような世間離れのした木立ち。
その木立ちが電車に見せた
正直な求愛、激しい身の揉みよう
少し気はずかしげな、おどけよう――。

あんな一方的な愛もあると知った
小さな旅の一日。

秋の

秋の方向は
どちら？

答のように
枯葉が散る

まだ梢で輝くことに夢中な紅葉たちも
少し遅れて同じ答え方をするでしょう

地面を覆ったたくさんの答は
このあとの行方を土に聞いている

（『陽を浴びて』）

水車はめぐり
しかし、どこへも行かない

紅葉

夏、緑の鮮やかさを競っていた木々が
秋、赤の鮮やかさを競っている

赤の鮮やかさを競った紅葉には
もう、競うべき色がない

次は、みずからを地面に振舞うこと
冷えた地面を紅潮させる試み

次は？
次は――

（『陽を浴びて』）

〈赤い絨緞を敷きつめたような〉比喩の集中に耐えること

草

人さまざまの
願いを
何度でも
聞き届けて下さる
地蔵の傍に
今年も

（『陽を浴びて』）

種子をこぼそう

落葉林《らくようりん》

葉を落し休息している明るい白樺林を
恋人同士がゆっくり通りすぎて行った
幸福が近くで聞き耳を立てていた

葉を落し休息している明るい白樺林を
愛に傷ついた人がひっそりすぎて行った
疲れているのに、もっと疲れようとしていた

愛は、多分
休息を必要としない熱中なのだろう
しかし、愛とて

（『北象』）

あるとき疲れ、眠らねばならない
葉を落し休息している明るい白樺林を
幸福な一組の恋人と
かつて幸福だった孤独の人が
少し時を違《たが》えて、通りすぎて行った

少し前まで

少し前まで庭の隅に生えていた若い樹が
家人の手で鉢に移され
陽の当るところで風になぶられている

庭土から掘り出され
鉢の新しい土になじむまでの
根のさぐりかたを私は想っている

必要なだけの土を
緻密に組織する根の、なまめかしい抱擁術
それが私には、少し妬ましい

（『自然渋滞』）

私はと言えば——人間稼業を終えたあと
軽くなって土の中に送りこまれ
土を抱くすべもなく、崩れて土と交わるだけだ

竹

縦一列の高層ビル「竹」
光も入らない円筒形の部屋ばかり
かぐや姫のほかは
誰も住まわせたことのないのが誇です

（『自然渋滞』）

短日

葉を落した大銀杏の
休暇の取り方

どこかへ慌てて旅立ったりしない
同じ場所での静かな休息

自分から逃げ出したりしないで
自分に同意している育ちの良さ

裸でいても
悪びれず

（『自然渋滞』）

風のある日は
風を着膨《きぶく》れています

つくし

つくし
土筆
土から生えた筆

風が土筆に聞いています
お習字が好き?
お習字が好き?

土筆が風に答えています
はい　いいえ
はい　いいえ

(『自然渋滞』)

つくし　土筆
光をたっぷりふくませて
光を春になすっています

杏《あんず》の里から

杏の里から手紙が届いた

「杏の花が盛りです。
いい香りがします
〝香り〟の中の〝杏〟です
山腹から眺める杏の里は
見渡す限り淡紅《とき》色の霞が下り立ったようです。
親愛なる、小言《こごと》幸兵衛殿
世の救い難きを案ずるより
杏の里にお出掛けあれ。
案ずるより杏の里へ――とは

（『夢焼け』）

小生が君のために考えたずっこけコマーシャル。
杏の木にも老若はありますが
老いた木が若い木を凌ぐ勢いで
花をびっしり咲かせていることがあり
思わず目頭が熱くなります。
この手の感傷を君が笑うのは承知ですが
杏の花の静かな爆発の只中へ
一度、ふらりとお出掛けあれ。」

秋景

赤いコスモスの花に
蜻蛉《とんぼ》がとまってるね
絵になってるね
俳句なら
秋の季語が二つ重なっている構図で
即座に、駄句の判定が下るけれど
自然の風物は幾つ重なっても
駄句にならないね
蜻蛉とコスモスの他に
秋風や、なんて、季語をもう一つ加えたら
俳句は、もう目茶苦茶だが

（『夢焼け』）

自然の風物は幾つ重なり合っても
駄句にならないね
不思議だね
俳句さまには申し訳ないような
選《よ》り好みなしの自然だね

註　蜻蛉を夏の季語に入れている歳時記もあるが、ここでは、これまでの慣例に従い、秋の季語としている。

紅葉《もみじ》（黄葉）清談

物の本によれば
上代にはモミチと発音し
「黄葉」の漢字をあてていたが
平安時代以後、モミヂと濁音化し
「紅葉」の漢字をあてるようにもなった――と。
なお、モミチ、モミヂの発音は
「色を揉み出すこと」から来たものか
と記した本もある。

ところで、或る日私は、秋の渓谷で
紅（黄）葉真盛りの樹木たちに、ふと尋ねたのだ。

（『夢焼け』）

錦繍《きんしゅう》にも譬えられるこの鮮やかな色彩が
樹木ご自身には見えているのでしょうか？　と。

ご懸念には及ばず――と樹木たちから即答があり
人間には察知できない視覚を私たちは具えていて
自前で染めた装いの出来映えを楽しんでいます
信じていただけるならお信じ下さい――とのこと。

❷

花の生き方

或る年の夏、わが家の狭い庭に、かなり大輪の白い芙蓉の花が幾つか咲きました。五弁の花びらが深い鉢型をなし、その中心から長いめしべが一本すらりと伸び、外へ突き出ているのが印象的でした。ところが、おしべは大変に短く、めしべの基部をとりまいて疎らに生えているのです。この対照が私の関心を惹《ひ》きました。

花は一般的に言って、種子を作るための生殖器官ですから、めしべがおしべの花粉を受けやすいようにできているほうが合理的です。そのためには、めしべとおしべが接触しやすい位置にあるほうが好都合な筈なのに、芙蓉の場合は、めしべの先（柱頭）とおしべとの間に隔たりがあって、接触しにくい位置関係にあります。

私はそのことに関心を惹かれたのですが、少し調べて、こんなことを知りました。

一つの花の中にめしべとおしべが揃っているものを両性花と言い、雌花、雄花が別々なものを単性花と言いますが、両性花の場合、めしべは自花のおしべから花粉を受精する自花受粉を避け、別の花（同じ株の別の花、もしくは別の株に咲いた花）の花粉を受精する他花受粉を求める傾向があります。自花受粉は人間の場合の近親結婚に似ていて、好ましくないのだそうです。

芙蓉の花のめしべとおしべの位置関係は自花受粉を避け他花受粉を求める形だったわけです。尤《もっと》も、めしべとおしべの間が離れているとは言っても、わずかの隔たりであり、昆虫が自花の花粉をめしべに運ぶこともあるでしょうから、自花受粉を避けるための確率はあまり高くありません。

しかし、もっと効果的に自花受粉を避け、他花受粉の機会をふやすための特殊な方法を持っている両性花もあるのです。

特殊な方法とは、めしべとおしべの成熟する時期をずらしていることです。これは雌雄異熟《しゆういじゅく》と呼ばれている現象で、めしべが先に熟し花粉を受精できる状態になっているのに、自花のおしべは熟していない（花粉を出さない）――こういう仕組みのものを雌性先熟《しせいせんじゅく》と言い、逆の場合を雄性先熟《ゆうせいせんじゅく》と言います。どちらもかなり高い確率で自花受粉を避けることができますが、この確率をもっと高めるために、もう一つ変わった方法を駆使する両性花もあります。

たとえば、タツノタムラソウという花の場合は、おしべが先に熟して（雄性先熟）花粉を出している間、めしべは、おしべの先（葯《やく》＝花粉を生ずる部分）からできるだけ遠ざかるように後方に反《そ》り返っています。おしべが花粉を出しつくした頃、めしべは真直ぐに伸びます。雌雄異熟が時間差法ならば、この場合は高級な空間差法でしょうか。

こうまでして花が自花受粉を避けるのは、既に述べた通り、いい種子を得るためですが、一体、なぜ自花の花粉より他花の花粉を求めるのでしょうか。

私の仮定ですが、生命というものは自己に同意し自己との結合を繰り返している末には多分、衰滅してしまうものです。そういう成りゆきを断ち切るために、生命はあえて異質の他者を生殖過程中に取りこむのではないか、花が他花受粉を求めるのも、異質な他者の因子と結合することで、自己改造を継続してゆくのではあるまいか、そのように思うのです。

さてしかし、他花受粉を求めると言っても花は他花の花粉を自由に運びこむことはできず、その役割を昆虫や鳥や風や水に依存しています。昆虫や鳥の力を借りるために花は花粉や蜜を提供するわけですが、相手が風や水となれば、花としては打つ手がなく、風まかせ、水まかせです。

大事な受精の過程に、花の思い通りにならない他者の力をアテにする領域があること、それにも拘らず、実際には虫や鳥や風などの力を得て、花が生命を持続していること、そのことに気付いて私は深い感銘をおぼえたのです。

これは、個々の生命が自分の力だけで生きているなどと、万が一にも自惚《うぬぼ》れることがないよう、また、他者の力を借りて生きているという敬虔《けいけん》さを忘れることがないよう、自然が仕組んだ構造なのではないでしょうか。

私たち人間は身近な人の世話になっているという意識はあっても、見も知らぬ他人の力を借りて生きているという意識を欠いています。しかし、花に花粉を媒介してくれる虫や鳥や風や水があるように、人間の幸福の実りに花粉を媒介してくれる無数の他者がいる筈です。

そして、花も人間もこのようにお互いが必要な他者としてそれぞれ助け合っているのに、そのことに気付かず、従って、恩を売ったり売られたりということがありません。ここがなんとも粋です。人間も花に似た生き方をしているのに、私には長い間そこが見えていなかった、それが、ある年の夏私には、芙蓉の花をきっかけにして見えてきたのです。

闇と花

朝顔は一定時間、連続した闇の中に置かれないと花の芽ができない。つまり、花が咲かないということを、いつか聞いたことがある。

花が咲くためには、それに先立って花の芽ができなければならないが、花の芽はフロリゲンという植物ホルモンによってできるとされている。

朝顔の場合、そのフロリゲンが体内に作られるためには、八時間乃至九時間の連続した闇が必要だというのである。この闇の時間を、途中、電灯の光などで中断すると花の芽はできなくなる。

すべての花がそうだというわけではない。

植物には長日植物と、短日植物との二つがあり、短日植物の場合だけ、そういう現象がみられる。

短日植物は大体、夏から秋にかけて、次第に日の短くなってゆく頃に花を開く植物で、コスモス、菊などもこの仲間である。

歴史は夜つくられる、と云われるが、朝顔の歴史も夜つくられるわけである。

普通、夜というのは、太陽を失った時間、明るさの欠けた時間、望みのない時間のように考えられやすいが、その、夜の時間からつくり出される花があるということは、闇の生産力を考える上でひとつのきっかけになる。

太陽をはじめ無数の星だって、宇宙の闇から生まれたものだ。朝顔の花の芽が闇の中でできるのは、不思議でも何でもないことかもしれない。

人間もまた一生を通じて、多くのことを考え、迷い、納得し発見しながら生きてゆく。

そのときどきの発見や到達点をかりに花と呼ぶことができるならば、その花は、おそらくその人の入りこんだ精神的な闇から生まれるのではないか。——朝顔の話を聞いてすぐ思い浮かんだのはそのことであった。

エリートコースを格別の苦労もなしに順調に進んだ人に、人間的な思いやりの欠けていることがしばしばあって、花で云えば、貧相な花のような気がする。むしろ、下積み生活、日陰の生活を耐えた人間のほうに、豊かな花を感じることがある。

言い忘れると不公平になるのでおことわりしておくが、長日植物の場合は、闇の時間を必要とせず明るい時間だけで花が咲く。短日植物は、明るい時間も必要とし、闇も必要とするのである。花そのものに関して云えば、長日、短日、どちらがすぐれているということはない。

ところで、再び人間のことであるが、人間は長日植物と短日植物のどちらに似ているだろうか？　人間の歴史が夜つくられることになっているところをみると、答は自ずと出ているのかもしれないが……。

沈丁華《じんちょうげ》の匂い

二月。日中、たっぷり陽が差すところでは、そろそろ、沈丁華の花が、あの強烈な香りを漂わせているのではあるまいか。

私はあの花の強烈な香りをかぐと、自分が死の国にいるような、妙な幻想にとらわれる。

というわけは、あの香りが、あまりに激しく生命の匂いを発散しすぎるので、自分にはこれだけの匂いはないと思い、既に、匂いを失った者として死の国にいるような、そんな気分になるのである。

そして、その匂いは死の国の近くを通りすぎてゆく人間——激しく生きている人間の匂いであり、それがそのまま沈丁華の香りであるように思われるのである。

生きている人間の香りというのは、たとえば、たくさんの欲望の香りであり、また肉体のもつ甘さであり、労働の放つ汗であるが、その香りを発散する人間の姿は私には見えない。私が死の国に属しているからである。ただ、香りによって、彼らが近くを通りすぎてゆくのがわかる。

彼らは烈しい香りを通じて私に、こう誘いかけてくる。「もう一度生き返って、欲望の苦しさ、生命の甘さを味わいませんか。生き返るつもりなら、わけはないでしょう。さあ、私たちの群れに加わりましょう。」と。

しかし、彼らは、私にそれを強制することもなく、賑やかに語らいながら、私から去ってゆく。私が沈丁華から遠ざかると、彼らの行列も遠ざかってゆく。

沈丁華

事物は明確に存在するが匂いのない
死の国。
その領地を
姿を見せない生者の群れが
欲望と汗の香りを振り撒いて
さざめきながら通過する。
私は

私の間近を通り過ぎてゆく彼等の
強烈な香りにむせながら
自分が死者であることに気付く。
そのように
私を死者にし生者の芳香を差し出す
沈丁華。

彼等は、私に
もう一度
苦しい欲望と肉の甘さを放つ生者の群れに
加わるよう誘い
また、それが可能であることを
信じさせようとして
賑やかに声をかけ
しかし強いることなく
過ぎ去ってゆく。

果実

くだものは「木（く）のもの」が転訛した大和言葉であるという（同じ例。「毛のもの」→「けだもの」）。くだものには「果物」という漢字が当てられており、これに似た言葉に「果実」があるが、私は、果物・果実に含まれている或る矛盾を大層面白く感じている。

果物と果実の双方に共通な「果」は、原因に対する結果の意味であり、又、物事の行きついた「果て」「終り」の意味でもある。確かに、果実（果物）は草木の花の生殖活動が行きついた「果て」であり「終り」である。しかし、単なる「終り」ではない。ほとんどの果実はその中に種子を含んでいる。種子が次の世代の生命を担っている。つまり、果実は外見上ひとつの終着であり「果て」ではあるが、実質は次の世代への出発である。だから、「果物・果実」は、果てであって果てではないという矛盾を現わしている。

「終り」が「終りではない」という果実の矛盾が、私は大層好きである。まるで、或る旅人が辿りつき倒れた地平の果てを、その子供があっさり越えてゆくように。と言うといささか感傷めくけれども、果実には感傷などない。静かに満ち足りて、「果て」に居坐り、しかし、「果て」を超えている。

種子

「果実とは、どこがどのように生長したものなのか」ということを調べているうちに、果実の生長を促す種子の役目を知ることが出来た。

めしべの基部を子房《しぼう》というが、これが生長して果実になる。子房の中の胚珠《はいしゅ》が種子になる。では、果実の生長を促す主要な因子は何か。オーキシンという植物ホルモンだそうである。オーキシンは何処から供給されるか。一つは、受精時の花粉から。もう一つは、発育中の種子からである。めしべが花粉を受粉することによって子房の発育が始まるわけだが、この発育を促す主役がオーキシンなのである。そして、このオーキシンは、花粉自体に含まれている量より、受粉後に種子の作り出す量が遙かに多いという。つまり、果実の生長にとって、種子の作り出すオーキシンが重要な役目をはたすのである。

これは私にとって思いもかけない新知識であった。種子というものは活動の時期が来るまで果実中で眠っているだけのもの、と私は思っていた。ところが、種子は目覚め、その上、活動しているのである。

果実の大きさは、果実中の種子の数と、植物体の葉の数に支配されるという。種子の数はオーキシンの供給量に関係し、葉の数は光合成によって作り出される養分の量に関係している。

種子が果実の内部で活動しているとは！

樹木断章

樹木の位置

私は樹木が好きで、これまで樹木にかかわる詩をいくつか書いてきた。樹木の生活を体験してみたいという願望が私にはあるらしい。しかし、これは勿論、無理なことである。

樹木は一つの場所に位置を占めると、そこから移動しない。これは植物に共通なことであるが、このことが先ず私の関心を惹く。樹木の位置は謂わば偶然であり、あれこれ考えて選択した結果とは思えない。しかしその偶然を引き受けてそこに生長しなければならない。そのあたりが人間に似ている。人間は自由に移動できるけれども、ある民族のある家族の一員として生を享けることは、樹木がその位置を選べないことに似て偶然である。しかしその偶然を単に強いられた宿命としてでなく必然に変えなければならない。そのための内面的相剋を経験する筈だ。樹木もまた、枝をのばし根を張りながら、ある歳月をかけて、自分の位置を諾《うべな》うための努力を重ねるように、私には思われる。そんな思いを、拙い短歌にしてみたことがある。

枝を伸べ根を深めつつ己が位置
うべないゆくや樹々の明け暮れ

冬の欅《けやき》　遠景

冬の間、葉をすっかり振り落した欅の樹形は、遼くから眺めると、開いて空に貼りついた扇子の骨のようにも見える。

弧を描いている樹形は、木の上を毎日通りすぎてゆく太陽の軌道が決めたもののような気がして、ほほえましい。空に近く枝を伸ばす喬木《きょうぼく》ほど、太陽の描く軌道の影響を受けやすいのかもしれない。

関東南部で見かける樹木の中では、欅が一番太陽に近く、その樹形が、東の空から出て西に沈む太陽の軌道を忠実に反映していることを、冬の間中、私に示してくれる。

無防備

樹木が海の中から地上に上陸したのはデボン紀とかいう、べらぼうに古い時代のことらしく、人間の出現より遥かに古いようだが、人間が樹木に対してやってきたことといえば、家や舟を造るために樹木を切り倒すことであった。ところが、その人間の暴力に対抗して、樹木が鉄のように固くなったという話は聞いたことがない。少しは、人間の暴力に対して防衛しようとする記憶細胞のようなものが、樹木の内部に発生してもよさそうなものだが、彼等は黙って切られてゆく。

憎しみとか恨みとかいうものが、どうして生じないのだろう。ふしぎな気がする。

剪《せん》定《てい》

私に盆栽の趣味はないが、盆栽に仕立てた欅や杉などの剪定の仕方を、たまたま、テレビの園芸番組で見ていたとき、講師が面白い話を聞かせてくれた。盆栽をはじめ、人間が栽培している果樹や鑑賞用の花木、あるいは街路樹などの場合は、余分な枝をすべて、人間が切りはらうけれども、山野に自生している樹木の場合は、風の力を借りて自己剪定するという。風の強いとき、枝と枝とが互いに打ちあい、こすれあって、密生した枝がはらい落とされるというのである。すさまじい話だと思った。梢の激しく打ちあう音が耳に聞こえてくるような気がする。

私は、この話を聞いたとき、人間のエゴイズムというものを漠然と思い浮かべていた。人間の中味は詮じつめるとエゴイズムだと思うのだが、もしこのエゴイズムを目で見える形で現すと、四方に枝を張り出した樹木によく似ているのではないかと思う。

樹木は一箇所に根づいて他へは動かないが、人間は歩き回る樹木である。枝は自己主張である。親しい者同士、身近な者同士ほど、互いに傷つくことの多いのは、親しい度合いが深ければ深いほど、枝と枝とが余儀なく交差するからだと私は思う。枝が、互いに相手を切る刃になるわけである。

ところで、エゴイズムという名の人間樹木は、自分自身の内部に剪定鋏を入れて小暗い自我を刈りこむというようなことをするだろうか。私には、そうした果敢な試みをやった覚えはない。風通しも悪いほど密生した梢にかこまれて途方に暮れているような気がする。

そのように考えてくると、山野に自生する樹木が風の力を借りて、殆ど暴力的に過剰な自我を切り落とすという話は、なんとも激しくまた爽やかなものに思われる。自己処刑に類するこうした決断は、人間より植物のほうが強いのではないかと、ふと思ったりする。

末と未

末と未を書きちがえる人がいます。しかし末も未も、もともとは同じ「木《こ》末《ずえ》」の意味であったと辞書には書いてあります。

「梢」が、木の「終末」か「未来」かと聞かれたら、あなたはどうお答えになりますか。ことを時間に限ってみますと、明日とか未来という時間が、常に末路に向かっていることは否定のしようがありません。未来は末路の中に含まれています。

たとえば、ここに一人の落ち武者がいるとします。その前に見えかくれする山路、人目を避けてその山路をたどるときの、一歩先、一刻あとは、いったい未来でしょうか末路でしょうか。だれにも答えられません。生き延びて再び一旗挙げたときはじめて「あのとき見ていた山路や、空、雲は未来の中にあったのだな」と言い得るだけです。

おそらく人間は、どんなに希望のない末路に追いこまれても、そこになおかつ、未来を必死で見ようとするのではないでしょうか。ですから、末と未を書きちがえることを、一概に非難することはできないようです。

欅《けやき》の資質

私の住んでいる狭山市は武蔵野の一画で、欅の巨木が多い。その裸の風格の目立つのが、冬である。

緑の葉に覆われた春夏の欅も、もちろん、好ましいけれど、葉を落とした欅には別の趣きがある。主要な数本の枝から無数のこまかな梢へと、次第に細く分かれてゆく道すじがすべてむき出しに見え、空にひろがった梢の全体は、太い幹の上部で、ゆるやかな球形ないし半球形をなしている。そのこまかな梢の全体は、日光や風をとらえるための緻密な網であることが、この時季、鮮明にわかるのである。

裸の欅を眺めていて私がとりわけ強く惹かれるのは、梢の細さと幹の太さとの際立った対照である。それがはっきりしていながら、その魅力の実質が、なぜか長い間わからなかった。

私が東京都内から狭山市に移ったのは、昭和四十七年の秋である。移ってすぐ、狭山の風物にしたしみをおぼえ、中でも、裸の欅に惹かれた。何度かその姿の魅力を言葉にしようと試みて成功しなかった。そして或るとき或ることに気付いた。

欅のような巨木になる能力は、木自身をできるだけ多くの細い枝へと分けてゆく力だということに気付いたのだ。幹を太くする力と、幹を多くの枝に分けてゆく力とは、一見、方向が逆である。一方は集中、他方は分散である。木全体を生長させる力としてこの二つは同質であるが、私の注目したのは分散の力であった。端的に言えば、欅の枝の多いこと、梢の繊細さである。

単純に考えて、樹木が多くの枝を持つということは、それだけ多くの葉を持ち得るということであり、光合成をいとなむ葉の表面積をひろげることでもある。

この推測を灌木（低木）にあてはめてみると事柄がもっとはっきりする。狭山は茶所として知られているが、この茶の木は主要な幹と側枝との区別が曖昧で、似たような太さのものが根もとから分かれて地上にひろがっている。それは、特定の一本だけが主幹になることを嫌い、互いに牽制しあって同じ太さを保っているような、そんな印象さえ与える。枝の数もさほど多くはない。茶の木に巨木志向がないらしいことは、枝の少ない姿からも想像がつく。

茶の木が低いのは灌木だからであり、欅が高くなるのは喬木《きょうぼく》（高木）だからであると言えば説明がついたことになりそうなものだが、それでは説明にならない。なぜ或る木は高くなり、或る木は低いのか、である。

この二つを分ける尺度を、私は樹木の分枝能力（筆者の造語だが）の強弱と考えてみたい。分枝能力とは、木が自分自身を多くの枝に分けひろげる能力のことだが、喬木といわれるものはその能力が強く、灌木は弱いのではあるまいか。

では、その能力に、なぜ強弱の差があるのだろうか。

分枝には何ほどかの苦痛が伴う、というのが私の想像である。苦痛というのが人間の感覚になぞらえすぎる状態だとすれば、これを、煩瑣、面倒、厄介と言い替えてもいい。要は、分枝という行為に煩わしさが伴うだろうというのが私の想像なのである。分枝能力が強いというのは、そういう厄介を克服してゆく力が強いということ、あるいは、煩瑣を煩瑣としない快活な生命力に恵まれているということであって、それが巨木の資質だろうと思うわけである。

私の想像する巨木の資質を巨人の資質になぞらえるのは、いささか卑俗であるが、人間の大きさというものも、精神活動の領域で、常人以上に多くの梢を張り出すことのできる人、快活な分枝能力の持ち主と考えても誤りではなさそうである。

幹と枝とのこういう関係は、多分、幹と根の関係とも同じなのであろう。このことも忘れたくはない。ただ、根のひろがりを私たちは見ることができなくて残念であるが、リルケは天使の位置を借りて、根をこんなふうに見せてくれる。

天使たちから眺めたら
木々の梢は
空から水を吸い上げる根かもしれない
また
地中深くの橅《ぶな》の根は
静かな梢と見えるかもしれない

（橅も落葉喬木――筆者註）

狭山市内の欅の多くは農家の敷地内に見られる。数本あるいは十数本が接近して生えており、樹高二十メートルのものは珍しくない。私の近くの農家には三十メートルのものもある。これらは、もともと防風林として植えられたものらしいが、今ではその本数も減っているようで、狭山市の場合は、主要な欅その他の樹木が市長名で保存指定を受けている。

今はまだ立春をすぎたばかり。狭山の欅は、豊富で繊細な分枝の軌跡を空にひろげて風に吹かれている。間もなく梢の端々に無数の芽が兆す。その芽のひとつひとつは微熱を帯びるだろう。微熱は、やがてすずしげな新緑に変わり、淡いけむりのように外部に漂い出て、欅をやわらかにつつむだろう。

紅葉現象など

「紅葉現象」がどのようにして起こるかについて、詳細はまだ判っていないそうですが、現在のところは、葉の内部に蓄積された糖類によってアントシアン系の紅色の色素が形成されるためといわれています。光合成の盛んな春夏の間は、葉の内部で生産された物質が樹の中へと移動するのですが、秋になると葉柄の基部に離層ができて、移動が困難になり、それが糖類に変わり、蓄積された糖類から紅の色素が生じるというのです。

素人の知識で、ごく大まかな理解の仕方ですが、この紅葉現象の中で私が一番心惹かれるのは、葉柄の基部に離層ができるという点です。離層ができるということは、樹木の本体とのつながりが切れてしまうということで、実質は落葉への準備ということ、端的にいえば死への準備です。従って紅葉現象は、落葉が土に帰る前、自らの死を華やかに祝祭するパフォーマンスのようなものでしょう。

若いころは、紅葉現象を含めて落葉の現象を、樹木が生長してゆくための一年ごとの清算というふうに思って当然視してまいりましたが、老人国の入り口にたどりついたこのごろの私は、清算される落葉ないし紅葉の方に関心が移ったようです。

かつて知識としておぼえていた離層生成が、今は単なる知識としてでなくほとんど感覚に近いものとして迫ってくるのは、一種の老人体験かもしれません。

他人の詩を読む場合にも、老とか死とかということが身近に感じられるようになりました。少し前のことになりますが、清水健次郎氏の訳で、S・T・コールリッジ（英国の詩人、一七七二〜一八三四）の「空しい希望」という詩を読んだことがあります。

白鳥は死ぬ前に歌うという――
だが歌う前に死ぬ者があってもいいじゃないか。

というものです。

死ぬ前に歌うのが白鳥の習性、といわれているけれど、歌うといとまもなく死ぬ白鳥がいたっていいじゃないか、というわけですが、一方に、死を予知して歌う白鳥がおり、他方に、予知できないまま死の不意打ちに会う白鳥がいて、コールリッジは後者に悼《いた》みの言葉を贈っているのでしょう。この詩の中の〈歌う〉は、生への自覚的な讃歌という意味合いに読むことも、もちろん可能です。

これを読んだ直後、私はこの句を引用句として含む詩を一つ書きました。拙い詩でしたが、これが、以前私の参加していた詩誌の詩友S氏の目に触れ、彼は評論のような形で、私の作品に言及してくれました。

ところが、です。このS氏がこの夏（昭61）、急性心筋梗塞で他界されたのです。五十四歳の働き盛りでした。少したってから、S氏の息子さん（大学四年在学中）が丁寧な手紙をくれました。その中で彼はこういうことを書いていました。

「吉野さんの作品の一つに、白鳥は死ぬ前に歌うという詩を引用したものがあって、それを父が取り上げて吉野さんについて書いた評論を、父の生存中に私は読んでいました。父の突然の死を考えるに至って、果たして父は死ぬ前に歌ったかしら、自分の死を悟ったかしら、と考えずにはいられません。」

父親思いの息子さんのこの言葉に、私は思わず泣かされました。

「お父様は立派に御自分の死に対処され、歌をうたわれたと私は信じています」と、私は返事を書きました。

私事にわたりますが、S氏の死の一か月程前、私は小量の喀血をしていました。二十歳代前半に肺結核を患った前歴がありますので、いささか驚き、急遽、病院で精密検査を受けましたが、その結果が判るまで一か月以上かかりました。さいわい、結核菌は検出されず、別の菌による一時的な気管支粘膜の断裂によるものと判明しましたが、判明までの一か月、私はてっきり肺結核の再発と思いこみ、これはもうダメだなと感じました。

そうして、たまたま四つの同人詩誌から依頼されていた詩を四つと、他にPR誌から依頼されていた詩を二つ、なんとこの一か月ほどの間に立て続けに仕上げて送ったのです。遅筆の私にとっては例のないことでした。

もう詩は書けないかもしれないという気持ちが、こういうことになった原因かもしれず、再発の恐れなしと判明した途端に、パタリと詩が書けなくなりました。

S氏の突然の死を知らされたのは、私が結核再発を半ば信じこみながら、同人詩誌への四つ目の詩を書いていたときでした。

一か月ほどの間に、自分でも不思議に思うくらい苦渋をおぼえずに詩を書いた——あれは一体何だったのだろうかと、今も考えるのですが、よく判りません。

ほんの少し赤らみかけていた、庭先のハナミズキの葉を眺めながら、「離層」ということが私の体の中で明滅していたような気もしますが、紅葉現象の華やかさについては、ほとんど思い至らなかったようです。そのときの、私の主観的な紅葉現象からは紅色が脱落していたのでした。

あとがきに代えて

久保田奈々子

父が残した詩の中から「花と木」というテーマに沿って詩集をつくることになりました。

父の詩は、日常の何気ない「こと」や「人」を題材にしているものの方が多いように、勝手に思っていたのですが、掲載されないものも含め、集まった詩を見て、花や木に関する詩がこんなにたくさんあったのかと再認識しました。花や木の詩とはいっても、父の詩はだいたいが人間の生き様などになぞらえたものになるのですが…。父が残してきた「詩」をこうやって改めて読み返す機会が増えた今になって、父の詩の着眼点の不思議さにふっと引きこまれる私がいます。

あとがきというよりは、父の思い出話となってしまうのですが、父が花や木にことのほか興味を持つようになったのは、やはり埼玉県に移り住んでからと言えます。

父が生まれ育った山形県酒田市から、昭和三十一年に仕事の関係で新潟県柏崎市へ

――、半年後には東京へと転勤になり、その後十五年ほど東京の団地で暮らしました。そして昭和四十七年の秋には、その団地住まいも手狭になったことから、埼玉県狭山市北入曽に引っ越しをしました。

東京の団地は植樹の緑が多いところではありましたが、狭山市に移り住んでからは、自然の緑の中にいる心地よさを知りました。

自宅から自転車に乗って少し行くと、武蔵野の名残りの雑木林が点在し、周辺には狭山丘陵があり、自然があふれているところでした。家の西側には茶畑が広がっており、父はこの環境が大変気に入ってしまい、狭山市に移ってから最初に出版した詩集のタイトルを「北入曽」にしたほどです。

狭山市に引っ越してからは、たまにではありますが、家族で西武線を利用して秩父方面にハイキングに行きました。飯能の、とあるハイキングコースを歩いたときのこと、ハイキングも終盤に差し掛かり、平坦な道は土が程よく固まって、小石も少なく実に歩きやすい道でした。道の両側には武蔵野の面影を残す木々が茂り、林の向こう側には満水の田んぼが広がっていました。父は「あぁ、こういうところは素足で歩きたいよなぁ」と言い出しました。母は「やめなさいよ、足が汚れるから」とたしなめましたが、父は靴を脱ぎ、靴下も脱いで、とうとう裸足でその道を歩きはじめました。実に無邪気な父でした。

自分が感じたいという気持のために人目をはばかることをしない父の満足気な顔は、ぼんやりとですが心に残っているのです。足の裏から伝わる「自然」を、あの時父は感じたかったのでしょう。ふとそんなことを思い出してしまいました。

父は若いころから本当に無趣味でした。自分の好きなことを仕事にしているとはいえ、気晴らしになるものが何もない人でした。唯一息抜きといえば自然に触れることで、ドライブや旅行は好きでした。私は狭山で八年間過ごした後結婚し家を出ましたが、妹はその後免許を取得し、両親を乗せてよくロングドライブにも行ったようです。それまで、旅行といえば電車での移動手段しかなかった父は、家族以外の他人と空間を共有する必要のない、気楽なプライベートスペースである車がとても気に入っていました。

とは言え、自分は運転免許を持っておらず、もっぱら妹の運転する車でよく出かけていたのですが、六十歳になってから一念発起、運転免許を取得しました。仕事の合間に一人でふらっと、自宅から小一時間程度の秩父方面に、頻繁にドライブに行ったりするようになりました。きっとまたそこから、父の世界が広がったり変化したりしたのだろうと想像できます。

狭山に引っ越してからは、それまでなかった植物との出会いがありました。欅との出会いもその一つ（団地住まいだったことと、東京の住宅密集地では欅の巨木に触れる機会もあまりなかったかと思われます）。いつのことだったか父が、自宅から見えるお寺の大きな欅をながめながら、私に話しました。「ケヤキは空に向かってあんなに枝を広げてるだろう。でね、根っこはあの枝と同じくらい地中に広がってるんだそうだよ」。どこで、そういう情報を仕入れてきたのかはわかりませんでしたが、父は欅の生命力にひどく感動しているようでした。

また、家のそばの茶畑で交わした、茶畑所有者の方との会話から「茶の花おぼえがき」も綴られました。狭山市に移り住んでから身近になった様々な植物との出会いは、父の創造力を搔きたてるものがあったのだなと思わざるを得ません。

茶所の狭山から、父が八十歳の時に妹が住む静岡県富士市に引っ越しをしました。全くの偶然ですが、静岡もまた茶所で、家の東側には茶畑があるのでした。もう主のいない父の書斎の窓からは、今もその茶畑がよく見えます。

二〇一五年 六月

花と木のうた

2015年7月10日　第1刷印刷
2015年7月15日　第1刷発行

著者——吉野 弘

発行人——清水一人
発行所——青土社
東京都千代田区神田神保町1-29　市瀬ビル　〒101-0051
電話　03-3291-9831（編集）、03-3294-7829（営業）
振替　00190-7-192955

印刷——ディグ
表紙印刷——方英社
製本——小泉製本

装画——梅原万奈
装幀——中島かほる

ISBN978-4-7917-6869-1　　Printed in Japan